週末離婚

SHUMATSURIKON

AIZAKI TAKATOSHI

相崎貴俊

文芸社

『週末離婚』◆目　次◆

第一章　尚美のストレス

ある休日の夕方。

「由《ゆう》ちゃん！　模型ばっかりいじっていないで子供たちの面倒見てよっ！」

「今、始めようと思ったばかりなのに……」

「模型なんかいつでもできるでしょっ！　由ちゃん、今、真里《まり》が泣いているのっ！」

「もぉ……わかったよぉ」

由ちゃんこと山口由高《ゆたか》36歳。妻の尚美《なおみ》と息子の由英《よしひで》5歳、そして娘の真里1歳を持つごく普通のサラリーマンである。

由高と尚美は7年前に結婚し、由高は情報サービス業で事務職のサラリーマン、尚美は結婚後専業主婦として二人の子供を育てる日々に追われていた。由英はやんちゃ盛りで、1年前に真里が生まれてからは二人でよく遊んでいる、というかちょっかいを出している。

「真里ちゃぁん」

由英の素直な愛情表現なのだが、由英が抱きつくと真里はそれを嫌がりよく泣く。尚美はそんな子供たちの世話に疲れを感じていた。

尚美の悩みは二つあった。

一つは二人の子供たちのことだった。

由英は、幼稚園に入園するまでは落ち着きがなく、幼児教室に行けば、他の子供たちが先生の言うことを聞き、お絵かきをしたり歌を歌っている中で、教室をぐるぐる走り回ったり、他の子供たちに手を出して泣かせたりする。かと思うと自分の望みどおりにならなければすぐ泣き出し、

「由英ちゃんって落ち着きないわねぇ」

「ほんと、一緒の幼稚園にはしたくないわね」

と、周囲の母親の嘲笑をかっていた。

それゆえ、尚美にとっては幼児教室に行くのがかなり苦痛だった。言うことを聞かない由英に手を出すこともしょっちゅうだった。それでも今は、まだましにはなってきた。現在、由英は幼稚園の年長で、先生からは元気で活発と評価されている。しかし、家ではというと、元気なのはいいものの、よく大声を出したりして、マンションに住む尚美にとって、近所の人に迷惑をかけていないか気が気でなかった。

さらに由英は活発と言えば聞こえはいいが、悪く言えば落ち着きがなく、おもちゃで遊ぶのはいいものの、片づけをすることがほとんどない。たいてい尚美が片づけるか、帰宅後に由高が片づけている。それも1種類だけではなく、数種類のおもちゃを一度に出すので、親である由高や尚美も時々混乱するほどである。

それに比べて真里は、生まれたばかりの頃は由英に比べるとおとなしく、尚美は最初の1年間はそれほど子育てに負担を感じなかった。けれども、真里が1歳になり立ち歩きができるようになると、尚美の真里に対する悩みは由英以上に負担になっていった。

最近の真里はベビーカーやスーパーのカートに乗せると嫌がり、よく泣き出す。かといって靴を履かせ歩かせようとすると、すぐどこかへ行ってしまおうとする。日中の公園では歩くことに問題ないが、混雑したスーパーの中や街中では気が気ではない。最近もスーパーの中でぐずるので、靴を履かせ、手をつないで歩いた時、バーゲンセールで混雑していたことが災いして、ちょっと手の力が緩んだ時に真里とはぐれ、迷子になってしまった。

「パパ、真里ちゃんがいないよ」

「えっ！　ママは今いないからどうしよう……」

由高と由英はフロア内を捜し回ったものの、さすがに店内が広くて見つからないので店員さんにアナウンスをお願いした。尚美も買物から戻ってきて、

「由ちゃんがぼぉーっとしてるから悪いのよ」

「そんなこと言ったって、由英を見ていたら……今、店員さんにアナウンスお願いしたから」

アナウンスが流れるか流れないかのうちに、別の店員が来て、

「2階上のフロアにいらっしゃる女の子がそうじゃないですか」

と言われ、行ってみると真里が店員さんに抱かれながら泣いていた。


さらに最近は二人とも尚美の元から離れず、尚美は休まる時間がない。由英が幼稚園にいる時間や、由高が帰宅している時はまだいいものの、家事のあと片づけで休んだ気がしない。真里はまだスキンシップを求める年頃なので仕方ないが、由英

もまだ甘えたいのか赤ちゃん返りしている。それゆえ、一度に二人くっついてくる。子供が親に甘えてくることは、当たり前のことかもしれない。けれども、尚美にとっては家事の時間もままならず、夕食の時間が遅くなったり、満足に作れない日がここ数日続いている。由高も、帰宅しても夕食ができていなかった時には、最初は呆れたほどである。

もう一つの悩みは、由高の趣味だった。

由高はかなりの鉄道マニアで、学生時代には長期の休みがあれば汽車旅をしていた。社会人になり長期の休みが取れなくなってからは、Nゲージという実物の150分の1の鉄道模型を多く収集していた。結婚後はさすがにしょっちゅう汽車旅もできなくなったが、鉄道模型の収集は相変わらずで、由高の部屋には1畳ほどの製作途中のジオラマ（角材などで枠を組みその上に線路を敷き、山や川などの情景を作り、家などのミニチュアを配置した「箱庭」のようなもの）がある。

由高は、今まで収集した車両をそこに走らせて、つかの間の旅行気分を味わっている。最近は子供たちに時間を割《さ》かれるので、ジオラマ作りはできないものの、模型に興味を持ち始めた由英とジオラマの上で車両を走らせて遊ぶことが多い。出身地である北海道にゆかりのある車両を特に収集している。興味のある新製品が発売されると、尚美に一言入れるものの、たいがい反対されても買っていた。それも１両や2両ではなく、6、7両のセット単位で買うので、出費がバカにならない。既に15セット近くは持っており１００両近くの模型を所有している。ただでさえ３ＬＤＫのマンションで由高だけが個室を持つことに不満を持つ尚美だが、部屋の大部分を趣味のスペースにし、時には部屋に模型を放置するので、あやまって子供たちがさわって壊すこともある。その時、

「あぁ、この製品限定品だったから、なかなか手に入らないんだよなぁ」

とか、

「こらぁ！　お父さんの大事な物をさわるんじゃないっ！」

と激しく子供たちを怒る由高に怒りを感じることもあった。それを聞いた尚美は、

「由ちゃん、子供よりも模型の方が大切ならちゃんとしまっておきなさいよ！」

と怒声が飛ぶのだった。

また、由高はテレビ、特に音楽番組が好きで、年甲斐もなくアイドル歌手の出演する番組をよく見ている。特に「モーニング娘。」の矢口真里が好きで、娘の「真里」の命名の由来はここからきている。しかし、チャンネル権は次第に尚美や子供たちに奪われてきているので、ビデオで録画したりすることも少なくない。が、そのビデオテープの量も多くなり、尚美の怒りを買う原因になっていた。

さらに、由高はパソコンを購入し、インターネットをするようになった。インターネットは主にメールマガジンを読むことが多いのだが、自分でホームページを運営したり、由高の好きな「モーニング娘。」のホームページや掲示板もしょっちゅう見ている。由高も「モーニング娘。」やそのネット仲間の掲示板やチャットによく出入りし、ほぼ毎日書込みをしている。インターネットをしている時間はふだんの早朝の30分と家族が寝静まった就寝前の1時間程度だが、ひどい時は一日中していたこともあった。さすがにその時は尚美とケンカになったこともあった。いい大人の由高が、10代中心の「モーニング娘。」にうつつを抜かすのもどうかしているが、若い女の子に興味を持つ由高に嫉妬する尚美だった。
　このように、由高はインドアではあるものの趣味があり、仕事や周囲のストレスをこれらで解消している。ギャンブルや女性関係で散財し、発散しているわけではないので、由高は尚美に文句を言われるたびに「この程度で怒るのはおかしい」と内心思っていた。

　一方、尚美も趣味がないわけではなかった。尚美はスポーツが好きで、独身時代はテニスサークルに通っていた。結婚後も独身時代ほどではないが、たまに行くことができた。あとお酒を飲むことが好きだった。由高とまだつきあっていた頃は、二人で終電近くまでよく飲み歩いたものだった。しかし、今の尚美は子育てと家事に追われ、好きだったテニスもできず、時々自宅で晩酌程度はするものの、居酒屋で長時間飲むこともできず、趣味、というより息抜きができずイライラした毎日を過ごしていた。

第二章　由高の過去

そもそも、由高と尚美が出会ったのは8年前のカップリング・パーティー、当時の流行り言葉で言う「ねるとんパーティー」だった。

由高は、そのカップリング・パーティーで尚美と出会う2年前に、結婚まで約束した美佐子という名のガールフレンドに失恋した。当時は仕事が忙しく、連日午前0時近くまでの残業や、月に2回以上は休日出勤もあった。そんな忙しい由高は、美佐子に会うために、一人きりで残業している時に会社から電話をしたり、休日出勤のない日は必ずデートに充てていた。由高は異常なほどまめな男だった。美佐子も、由高のやさしさに惹かれ結婚の意思まで固めていた。しかし、美佐子と別れた原因は、そのまめ過ぎる性格と美佐子についた、ただ一つの「嘘」だった。

由高の母親は、由高の父親の転勤による心労で寝込んだことがあり、その時に新興宗教まがいの団体に加入した。そのことについては、由高の父親はある程度距離を置いていたが、由高は母親の影響を受け、反発を覚えながらもその団体に通って

いた。母親の心労の原因として、そこの主宰者が言った言葉の一つに、

「目のついた物を持ってはいけない」

というのがあった。由高はどうしても理解できなかったが、母親は自分の心労（病気）が少しでも治るという思いで、今まで所有していた人形や、アルバムの写真の大部分を処分してしまった。そのうえ、由高が大事にしていたアイドルのポスターやカレンダーも捨てられた。由高は母親に反発したが、母親の、

「死んでしまっても知らないよ」

という言葉に二の句が継げなかった。というのも、由高も当時交通事故に遭い、本当は死んでいたかもしれなかったほどの事故にもかかわらず、奇跡的に軽症で済んだことがあったため、由高は母親が信じる主宰者の言葉を信じざるを得なかった。このことが由高にとっての「トラウマ」となったことは、当時は母親さえも気づかなかった。


美佐子と出会ったのは、今から11年前、由高が帰省するため、上野駅で夜行列車

を待っている時だった。今でこそ新幹線か飛行機で帰省するか、家族もいるので帰省せずに正月を過ごす由高だが、当時はまだ独身でもあり、上野駅を出発する夜行列車も数多くあった。その列車の自由席の座席を確保するために、数時間前から並ぶ人も少なくなかった。由高もその一人だった。由高は、上野駅のホームで一人週刊誌を読みながら並んでいた。途中夕食の弁当を買いに行こうと思い立ち、由高の前に並んでいた大きなリュックサックを背負った女性に席取りを頼もうとした。

「弁当を買いに行くので場所を取っていただけませんか」

「いいですよ」

この時の彼女が美佐子だった。

由高が弁当と缶ビールを買って戻ると、美佐子は時刻表の北海道のページを広げていた。

「北海道に行くんですか」

「はい」

「実は僕、帰省で北海道に行くんです」

「えっ！　そうなんですか。どこに住んでいるんですか」
「札幌です。よかったら、途中までご一緒しませんか」
「ええ」

列車の到着までまだ1時間あった。由高は美佐子と北海道のことで話が弾んでいた。この時、由高は彼女の名前が関口美佐子であること、学年が同じであることをしっかり聞き出していた。由高も美佐子に自己紹介をしたのは言うまでもない。が、由高はナンパができるような強引な性格ではない。けれども旅先で知り合った人と話すことが好きだった。たまたま美佐子が同学年ということがふだんの旅の出会いと違う点であった。そうこうしているうちに時間は過ぎ、二人の乗る臨時急行「八甲田81号」がホームに入線してきた。周囲の人々が身支度を始め、由高と美佐子も乗車の準備を整えた。

青森行き「八甲田81号」の座席は4人がけのボックスシートだった。最初、由高と美佐子は向かい合わせに座り荷物の整理をしていたが、どんどん乗客がふえ、通路が一杯になっていたので、二人は横並びに座り、向かい側は別の人に席を譲った。当時の東北方面の夜行列車では、なぜかボックスに座ると皆仲良くなる。向かいに座った中年の夫婦も北海道に行く人たちだった。由高と美佐子はその夫婦とも話が盛り上がり、話は深夜まで続いた。

「八甲田81号」は早朝の青森駅に到着した。由高たちは次の函館行き快速「海峡3号」の列に並んだ。既に十数人が、それぞれの入口の前に並んでいる。由高、美佐子、そして向かいに座った中年夫婦の4人で役割を分担し、由高は座席取りの担当になった。30分ほどたって、「海峡3号」が入線してきた。由高は車両に入ると、われ先に4人分の座席を確保した。「海峡3号」の座席は二人がけだったので、向かい合わせにし、美佐子たちと再び団らんの場を設け、函館までの3時間弱を過ごした。函館からは、札幌行き特急「北斗7号」に接続する。ここでも由高が座席取りに一番で並び、既に混雑した車内でかろうじて4人分の座席を確保した。「北斗7号」でも4人の話は尽きず、札幌までの3時間半は、あっという間だった。

札幌に到着し、由高の旅はここで終わった。美佐子と中年夫婦は、さらに北に向かう列車に乗るため、札幌駅のホームで別れた。

1ヵ月後、由高は会社の独身寮で1通のはがきを受け取った。差出人を見ると美佐子からだった。由高は平静を装いながらも内心嬉しかった。

夕食をとったあと、由高は道中で教えてもらったメモから美佐子に電話をかけた。

「はい、関口です」

「このあいだの八甲田で一緒だった山口です。はがきありがとう」

話は続き、同僚のあと押しもあって、由高は美佐子と会う約束をして電話を切った。

約束の日、由高は東京で美佐子と会った。上野駅で会ったいかにも「一人旅」をするような行動的な印象はなく、ごくごく普通の清楚な女性だった。車中で会った印象と違い、由高は美佐子に一層好印象を抱いた。

このような経緯をへて由高と美佐子はつきあうようになった。半年後には結婚を前提とするまでに発展した。しかし、二人の中が親密になるにつれて、由高の心の中で葛藤が芽生え始めていた。その原因は美佐子の趣味だった。

美佐子は、ぬいぐるみを集めることが好きで、美佐子の部屋にはたくさんのぬいぐるみがあった。中でも当時テレビで流行っていたゴマアザラシのぬいぐるみが大好きで、そのぬいぐるみを抱いては「キュン、キュン」と由高に甘えたりしていた。そんな美佐子が好きな由高であったが、母親のキャラクター・グッズ嫌いのことが頭に引っかかり、美佐子がぬいぐるみを買ったりすることに心底喜べずにいた。また、キャラクター・グッズを欲しがる美佐子に拒否反応を示すこともあり、美佐子は由高に疑問を持つようになった。

時は流れて1年後、由高と美佐子に札幌の実家に行く機会が訪れた。由高は、この時こそ美佐子に母親のことについて話そうと決心していた。今まで言い出せなかった真実を、美佐子と母親の前で、由高はカミングアウトした。美佐子は、

「どうしてもっと早く言ってくれなかったの」

と由高に問いかけた。しかし由高はこのことが原因で別れるのが怖かったとは、その時言えなかった。美佐子は由高の気持ちを察し、その場では平静を装っていた。けれども、二人きりになった時、美佐子は由高に話を切り出した。

「私にうそをついていたのね」

「そんなんじゃないって」

「うそついてたのねっ！」

美佐子の目には涙が浮かんでいた。

今まで、真実を言えなかった由高は、苦渋の告白をした結果、かえって美佐子に不信感を抱かせ、それから帰京するまで二人の間には険悪な雰囲気が漂っていた。

二人の仲に終わりが来るのは時間の問題だった。美佐子から別れ話を切り出され、由高は取り繕おうとした。が、美佐子の意思は固く、1ヵ月後、二人の仲に終止符が打たれた。

別れた直後の由高は、会社の仕事が多忙だったこともあり、その忙しさで落ち込んだ気持ちを紛らわせていた。けれども仕事も落ち着いた頃、由高の心は一気に落ち込み、仕事に身が入らなくなってしまった。由高がカップリング・パーティーに通い出したのはこの頃からだった。パーティーでカップルが成立しても、由高はその相手と深い仲になることはなく、短い間に出会いと別れを繰り返していた。

それから約1年、由高はパーティーで妻になる尚美と出会った。知り合った当時、由高は尚美のことをあまり意識していなかったが、つきあううちに、「彼女なら人生の伴侶になれる」と思い、尚美にプロポーズした。尚美もOKしてくれた。この時も母親のことが頭をもたげたが、この頃の由高は母親に勘当されることを覚悟で母親の宗教から離れようと心に決めていた。由高は母親に宗教から離れることを話したが、母親は勘当することもなく、由高の意思を尊重し、二人の仲を認めた。

こうして由高と尚美は結婚した。

第三章　由高の苦悩

由高と尚美が結婚して7年が過ぎた。この7年間の間に二人の子供が生まれ、健康に育っている。結婚当初は会社までバスで15分かかる社宅に住んでいたが、4年前には徒歩15分ほどの場所にマンションを購入し、引っ越しした。端から見れば幸福な家族に見えるだろうが、由高自身は誰にも言えない悩みを抱えていた。

由高と尚美は、子供の教育方針について「ズレ」があった。

由高は、両親に厳しく育てられたこともあって、子供の頃は「自分の子供は自分のようにはさせたくない」と思っていた。しかし、希望どおりではなかったものの、由高は国立大学に入学・卒業し、有名企業の関連会社に就職することができて、周囲には「いい大学を出て、いい企業に入れてよかったね」と言われ、両親は大変満足していた。由高も、初任給こそ当時の公務員に毛が生えた程度とはいえ、福利厚生・待遇のよい企業に就職することができ、バブル景気に浮かれていた頃に就職したとはいえ、両親譲りの「安定志向」だった由高にとって、第一希望の企業には就職できなかったもののある程度の満足を得ていた。二人の子供たちも「国立」とは言わないものの地元または東京都内の通える範囲の大学に進学し、就職できればと思うようになっていた。また、今の自分があるのは両親が厳しく育ててくれたからだと感謝していた。

尚美の両親もしつけが厳しかったためか、「自分のようにはさせたくない」という点では由高と一緒だった。けれども尚美は由高と違って、親から受けたような厳しいしつけはしたくないという気持ちがあった。ゆえに子供たちには寛容で、悪く言えば「放任主義」とも見える育て方をしていた。さらに由高と違っている点は「勉強」よりも「運動」を重視していた。スポーツが苦手であまり好きではない由高と違い、勉強は苦手だったが運動は好きで得意だった尚美は、由英の幼稚園には「勉強重視」ではなく「運動・遊び重視」の幼稚園を選択した。幸い由英も今の幼稚園が大変気に入っており、由高も幼稚園については不満はなかった。しかし、由高の家族が住んでいるマンションの近くは、いわゆる「転勤族」が多く、近所の小学校も勉強の進み方が速いと聞いていた。そこで由英が幼稚園に入園する1年前から幼児教室に通わせていたが、尚美にとってはあまりいい気持ちにはなれなかった。

幼児教室での由英は、早生まれというハンディがあったとはいえ、先生の言うことも聞かず他の子供たちが先生の弾くオルガンに合わせて歌っている中で、一人教室中を走り回ったりして「浮いた」行動が目立っていた。周囲の母親たちもあからさまには言わないものの、陰では「落ち着かない子供」と見ていたらしく、尚美はその場にいるのが辛かった。

幼稚園に入園してからはいったんやめたものの、半年後、同じ系列の幼児教室に入り、ひらがなや数字の勉強をするために週1回通っていた。けれども、由英はあまり勉強が好きではないらしく、教室ではおとなしく勉強するものの、自宅での宿題や予習はなかなかしなかった。尚美も教えるのが苦手で、勉強しない由英に対し、イライラして怒ったり、手を出すことも度々あった。

子供の教育方針についての悩みは、何も由高でなくても子供を持つ親なら誰でも持つ悩みであろう。しかし、由高にとってはそれが「トラウマ」になっていた。

由高は、両親、特に母親に厳しく育てられた。俗に言う「よい子」であった。「よい子」といえば聞こえはいいが、ひどい言い方をすれば親の「ロボット」、いや難しく言えば親自身の人生の失敗を子供に託すための「もの」と思っていたのかもしれない。おとなしく、親の言うことを素直に聞き、親の言うとおりに育てることが由高の母親にとっての「使命」と感じていたのかもしれない。元々おとなしく子育てに手のかからなかった由高は、教育熱心だった母親の期待に応え、勉強の成績も優秀で、高校・大学も現役で合格し勉強面では親の望む方向どおりに育っていった。また、性格もまじめで、曲がったことが嫌いだった。母親に「素直でまじめ」であることが「美徳」と教えられ、「反抗期」の時期でさえ、親に反抗することもほとんどなかった。親にとっては育てやすい子供になってよかったかもしれないが、このことが、のちのち由高の人生のレールを外していくことになるとは、両親も由高本人も当時は何も感じていなかった。

由高の人生は、学生時代まではそれでよかった。学生時代、特に大学時代は講義をサボる友人に腹が立ったり、そういうことを許せないがゆえに、試験前に、友人に「ノートを貸してくれ」と頼まれた時は、お金をもらったりしていた。一部の友人には「嫌なヤツ」と思われていたが、由高は「サボるヤツが悪い」という考えがあったので、下宿仲間と口論になる前までは相変わらずノートを貸すたびにお金を取っていた。ただ、下宿仲間との口論で、「お前、そんなことしていると友達失うぞ！　少しは柔軟になれ」と言われ、その後はお金は取らなくなったものの、学生食堂の昼食をおごってもらったりしていた。「現金授受」ではなく「物品授受」に変わっただけだが、そんな過去があった。このように学生時代までは気の合ったわずかな友達だけの交流で由高は満足していた。しかし、社会人になってから歯車が狂い始めてきた。

由高は、就職先の会社で経理部に配属された。由高の教育係についた先輩は優秀な人だったが、由高とは馬が合わなかった。最初のうちは淡々と仕事の内容を説明して、由高もただ従順に聞いて仕事を身につけていった。しかし、社会人になると、学生時代と違い「応用」を求められる。今も相変わらず忙しいが、当時はバブル景気で非常に忙しく、特に予算編成や期末決算の時期は深夜残業や休日出勤は常時だった。それを乗り切るには先輩の説明だけでは不十分であることは、当時の従順な由高には全く気づかなかった。

次第に由高の性格に気づいた先輩は、仕事の忙しさにかまけて教えることをしなくなり、由高は、そんな先輩にある種の「怒り」を感じていた。ある休日出勤の日、由高は先輩と仕事をしていた。由高は新人ゆえに失敗をした時、先輩に失敗の対応を求めた。しかし、由高の性格の裏を返すように、先輩は由高に、

「北海道に帰って、牛でも飼っていれば？」

と言った。その時、由高は先輩に「殺意」を覚えた。しかし、従順な由高は行動に出せなかった。もし、手を出していたら、今の会社にいられなかったのは言うまでもないことだが。

その後も由高は、先輩の非情な言葉にショックを受けながらも、仕事で忙しい

日々を過ごしていた。しかし、その忙しさは尋常ではなかった。連日会社を退社するのは午前0時近く、休日出勤も月に2、3回はあった。そのうえ先輩の非情な仕打ちは、その後も続き、従順な由高はそんな先輩の仕打ちにも反発できずにいた。

そんなある日の朝礼中、体力的にも精神的にもまいっていた由高は、課長の話を聞いていた時、めまいを感じ、突然床に倒れ込んだ。周囲の同僚が由高を応接ソファーに寝かせ、タクシーが来るまでの間仮眠室に運ばれ、課長に付き添われ病院へ行った。しかし、教育係の先輩は手を貸さなかった。

気がついた時、由高は病院のベッドの上だった。横には課長が座っていた。

「なぜ、ここに……」

由高は課長に尋ねた。

「朝礼中に、君は突然倒れて今まで眠っていたんだ。最近、君は元気がないようだが、何か悩みがあるのか？　俺が見る限り、教育係の加賀美とうまくいっていないんじゃないのか？　どうなんだ」

「ええ、仕事でミスをした時、加賀美さんから『北海道に帰って、牛でも飼っていれば？』と言われ、それがショックで立ち直れないでいるんです」

「そのくらいのことでへこんでどうする。会社っていうものはそんな一時の感情でいちいち落ち込んでいては何もできないぞ」

するとそばにいた医者が、

「上司の方ですか？　かなり精神的にまいっているようですから、患者さんに対して今のような言葉をかけてはいけませんよ。実は、数日前うちの病院に来られて、相談を受けているんです。いまのような危険な状態の時に『頑張れ』というような言葉は、かえって患者さんの回復を遅らせることになるんです。最悪、命を落とすこともありえます」

課長は、しばらく言葉が出なかった。課長は言葉を選びながら医師に聞いた。

「では、どのように接すればよろしいんですか？」

「患者さんの精神状態が落ち着くまで、しばらく静観されるのが望ましいと思います。とりあえず、2週間ぐらい会社には行かず安静にしていた方がよいでしょう。

で、患者さんはどこに住んでいるのですか?」

「会社の独身寮です」

「会社の雰囲気を引きずるところはいけません。入院をおすすめします」

結局、由高は10日間入院し、その後寮で過ごし、2週間後会社に復帰した。

実は由高は現在も病院に通っている。それは妻の尚美も知っている。一時期、後任の上司が病院についてきて、それが原因でトラブルを起こし、ますます症状が悪化した時期もあった。しかし、今は会社近くの駅前にできた開業医のクリニックに通っている。そこのカウンセラーとのカウンセリングも良好で、症状は相変わらず芳しくないものの、薬の量も減らすことができ、由高自身、精神的にも強くなり、多少の小言でへこむこともなくなり、現在に至っている。

第四章　尚美の毎日

現在、小さい子供を二人抱える尚美の一日は、毎日つまらないことで忙しく時間が過ぎていった。

尚美の起床は午前7時。いったん布団から出て電気ポットの電源を入れお湯を沸かすのが始まりだった。たまに由高が先に起床した時はやってくれることがあるものの、たいがいは尚美がすることが多い。ポットのスイッチを入れたあと、再び布団に戻る。

前後して、由高が起床する。由高はまずエントランスの新聞受けに新聞を取りに行き、常時接続のパソコンのメールとホームページをチェックしたあと、自分と由英の朝食を作る。朝食と言っても、トーストと飲み物（カフェ・オレとココア）を用意するだけだが、由高は慣れっこになっていた。余裕があれば自分の弁当を作ることもある。

ポットのお湯が沸いた頃、尚美も布団から出る。由高は飲み物を作るため牛乳を電子レンジで温める。ポットは使用しない。ポットは真里のミルク用だった。由高の朝食の準備と尚美のミルクの準備で、狭い台所に大人二人が行き交う。

朝食ができる時間を見計らって、7時半前後に子供たちを起こす。子供たちは夜遅くまで起きていることが多いので、ついついこんな時間になってしまう。由高と由英が朝食をとり、真里も一人で哺乳びんを持ってミルクを飲んでいる間、尚美は幼稚園の制服や持ち物の準備をしたり、洗濯を始めたりで食事どころではない。

由高と由英の食事が終わり、歯磨きなどの身支度が終わるのはだいたい8時を過ぎる。と言ってもこれは順調にいった時のことで、ひどい時は8時半近くになることもある。尚美は由英の幼稚園バスを送る時、真里も連れて行くので真里の洋服の準備に追われる。8時半、由高が会社に出勤し、すぐあとから尚美と子供たちが幼稚園バスの集合場所に行く。由英を見送ったあと、尚美は真里を連れて自宅に戻る。ここで尚美は遅い朝食をとる。

尚美は、専業主婦とはいえ小さい子供がいるため家事の合間も子供のことで手が抜けない。1歳の真里は家中をちょろちょろ歩き回るので、洗濯物を干している時も掃除をしている時も気が気ではない。それでも由英の時よりはましではあった。

一般に、上の子より下の子の方が、あるいは男の子より女の子の方が手がかからないというが、上が男の子の場合、下が女の子といっても活発で油断できないのが現実だ。時には、真里が由高の部屋に入り、本棚にある由高のCDを床に散らかしたりするが、尚美はそれらを片づける余裕はない。帰宅した由高が気づいて片づけている。最初のうちは尚美に愚痴を言っていた由高だったが、最近は何も言わず、自分で片づけている。

尚美が落ち着いた時間を過ごせるのは、家事が一段落する12時過ぎの昼食から由英の幼稚園バスが来る午後2時半までの間だけだった。昼は尚美と真里の二人で昼食をとる。真里は1歳になったこともあり、散らかすのは仕方ないとしてもきちんとスプーンを使って食べ物を食べるので、尚美もいちいち横目で見ながら食事をせずに済む。食事が終わったあとで、まとめて片づけに入る。

昼食の片づけが終わると、午後2時になることが多い。休む間もなく、尚美は幼稚園バスの迎えの準備をする。これからが尚美にとっての「戦争」の始まりだ。

2時半過ぎに、幼稚園バスを迎えに行く。朝もそうだが、尚美にとって、バスの待ち合わせ場所に行くのは、苦痛以外の何ものでもなかった。一緒に待つ母親たちと話の輪に加われなかったからだ。特に同じ年長の男の子のお母さんとは、バスの座席の位置をめぐって言い合いになって以来、なかなか話ができないでいた。それゆえ、尚美はバスが着くぎりぎりに迎えに行く。そして由英がバスを降り、先生とあいさつをしたあとはそそくさと自宅へと戻っていく毎日だった。

自宅に戻り、尚美が最初にすることは由英の着替えだった。由英は、幼稚園では自分で着替えをしていると聞いているが、自宅では5歳にもなるというのにいまだに親の手を借りなければ着替えられない。年少の頃は幼稚園での疲れで昼寝をしていたが、今では元気を持て余し、着替える途中から真里にちょっかいを出し、尚美のいらだちが高まっていく。

天気のいい時は真里をベビーカーに乗せ3人で散歩する。子供たちを疲れさせて早く寝てもらいたいという尚美の思いでそうしている。けれども、その程度では子供の体力など消耗しはしない。むしろ尚美の気苦労が募るばかりだった。一方、雨の日には外に出られないので、家の中で折り紙やおもちゃで遊ぶのだが、子供たちは散らかすばかりで片づけをしないので、尚美は片づけに追われる。しかし子供の行動に追いつかない時は、散らかしたまま夜になることも少なくなかった。尚美にとって、子供二人を相手にしていると、家事も何もできない状態になってしまう。4時頃から、子供向けのテレビが始まるので、そのあたりから夕食作りに取りかかる。が、1歳の真里が台所に入ってきて料理に集中できない。そのため、途中で中断することも少なくない。

夕食作りも、子供たちの相手をしていると2時間かかることも少なくない。あっという間に午後6時になってしまう。由高が仕事を早く終えた時は7時前に帰宅するので、一応6時までには料理を作るようにしているが、友人からの電話がかかってきた時は、長電話になり、さらに遅れてしまい、由高が帰宅した時に夕食ができていないこともある。

夕食の支度を終えると、尚美は子供たちを風呂かシャワーに入れる。尚美が食事の支度をしてさっぱりしたいということもあるが、これも風呂に入れることによって子供たちを早く寝かせたいという願いがあってのことだった。しかし由高には、かえって疲れが取れて活発になるように思えてならない。

このように、由高が帰宅する7時前後は、家族は風呂に入っているか尚美がまだ料理作りに明け暮れていることが多い。このところの不況によるリストラで人が少なくなり、職場の仕事が忙しい由高だが、まっすぐ帰宅しても子供たちに抱っこをせがまれたりして遊ばなければならないので疲れが取れない。決して子供嫌いではないが会社のストレスを背負ったまま家庭のストレスを上乗せしたくない思いもあり、夕食ができる時間を見計らって、リラクゼーションのためにフットマッサージの店に通ったり、帰宅途中の書店で雑誌を立ち読みしたりして時間調整することもある。あまり帰宅時間が遅いと、今度は自分で食事の支度をしなければならず、日々時間調整をしながら帰宅する。帰宅しても、尚美は「忙しい、忙しい」と言うばかりで、子供の食事の準備で手一杯で、由高の食事の準備さえできないでいる。

食事も、尚美はなかなか言うことを聞かない由英に対し、怒鳴りながら食卓に向かわせなければならなかった。真里もスプーンを使って自分で食べられるようになったものの、子供たちの様子を見ながら食べるので、由高の食事の準備もできないことが多い。最初のうち、由高は尚美に対しいらだちを抑えられなかったが、尚美に声をかけても、

「忙しいのっ！　自分でやって」

と言われ、最近は自分で食事の配膳をすることが少なくない。由高の家では食事中もテレビをつけているが、たいていは由英の見たい番組になっていることが多く、尚美が見たい番組を見られることはめったにない。


食事が終わると、食器や残り物のあと片づけに入る。真里がまだ離乳食の頃は、食糧品を買いに出たり食事を作る時間も惜しく、1週間の献立が決まっている宅配会社から食材を購入していたが、大人の味付けに合わせてあるため、由英がよく残

し結構無駄になっていた。しかし、子供の一挙手一投足に気を取られ、そんなことなど考える余裕もなかった。今、真里が大人と同じものを食べられるようになって、経済的なことも考えられるようになった。由高の給料も伸び悩む今日この頃、生活費を見直した結果、食費にかかるお金がバカにならず、家族全員で食糧品を買いに行く時は、由高が頭の中で金額を計算しながら余計なものを買わないように控え、尚美も限られた材料で頭を絞って食事を作るようになった。今は子供たちが食べ残したものは由高か尚美が食べている。それゆえ由高も尚美も子供たちの残り物で満腹になる程度にセーブしている。特に由高は、休む暇もない中で食事を作る尚美を思うと、せっかく作ったおかずをゴミにすることがもったいなく思うのだった。

食事のあと片づけが終わるとだいたい午後9時になる。しかし、満足にサスペンス・ドラマなど見る余裕もなく、尚美には家族の布団敷きと、子供たちが散らかしたおもちゃの片づけが待っていた。以前は由高がやってくれていたが、尚美が台所で片づけをしている間、いったん由高が子供の相手をすると、子供たちはなかなか離れてくれない。由高も疲れてはいるものの子供と一緒に遊べる時間も、平日はこの時間しかなく、最近は由高の趣味であるパソコンの時間を削って、尚美の負担を軽くするために子供の相手をするようになった。由高は子供の遊びにつきあいながらも、合い間を縫っておもちゃを片づける。

尚美がやっと落ち着くのは、午後10時を過ぎる頃だった。由英がやっと眠りにつき、真里も布団の周りでゴロゴロし始める。以前の尚美だったらテーブルで由高とビールを飲み、テレビドラマを見ていたりして過ごしていた。しかし、今はビールを飲む気力もなく、布団にもぐり込み、横になりながらリビングのテレビを見る日々が多い。そんな尚美の脇を、真里がまとわりつき、尚美はまともにテレビを見ることができない。そんな状況の中、由高は一人でビールかジュースを飲むことが多くなった。ビールを飲み終わり、古新聞を整理する頃には尚美も子供たちも寝ていることが多い。由高は自分の部屋に行き、よほど疲れて寝ない限り自室にこもりパソコンに向かう。

このように、尚美にとっては「自分の時間」というものがなく、日々不満が募っていった。

第五章　壊れていく自分

北海道出身の由高は、結婚後なかなか実家に帰ることができない。けれども幸いなことに、尚美の実家は由高の自宅から車で30分で行けるところにあった。由高と尚美は、子供が生まれてから毎週のように尚美の実家に行くようになっていた。子供がまだ1、2歳の頃は尚美の両親に子供を預け、二人きりで買物などしながら数時間外出して、日頃のストレスを解消していた。

実家にいる時の尚美は、子供のミルク作りやおむつ替えは自分でするものの、料理は母親に作ってもらえたので、居間でゴロゴロしながらテレビを見て過ごすこともできた。由高も、義父母の厚意に甘えて、尚美と共にテレビを見て過ごすことが多かった。

しかし、真里が生まれ、由英が義父母と一緒に公園に行くことを嫌がり、由高と尚美と一緒に買物について来るようになった。由英は真理に両親を独占されたくなかったのだろう。ゆえに、二人きりで外出していた頃のようにファーストフードで一息つけなくなり、ショッピング・センターでの買物中に子供にお菓子をせがまれたりして、気分転換の外出どころではなくなった。幸い真里は義父母が面倒を見てくれているので、外出中のミルクやおむつ替えの時間はかからないものの、子供がいるといないでは外出しても気分転換にはならなくなっていた。実家に帰宅しても真里のおむつ替えや由英のおもちゃの片づけに追われ、休む余裕もない。しいて言えば、義父母に食事の世話をしてもらうこと以外は自宅にいるのと変わらなくなっていた。

由高にとっても、毎週義父母の実家に行くことが苦痛に感じる時があった。

由高の自宅から尚美の実家まで、たいてい車で往復するが、渋滞に巻き込まれ、30分で行けるところが、時によっては1時間近くかかることがあった。以前は車を運転することに疲れを感じることがほとんどなかった由高だった。しかし、最近職場の人間関係で疲れを感じることが多くなった由高は、運転に気がのらない時が目立つようになった。疲れて運転し、渋滞にはまった時、由高はイライラして尚美に愚痴をこぼすようになった。免許は持っているもののほとんど運転しない尚美にとって、イライラする由高を見て嫌気を感じるようになった。また、由高にとって尚美の義父母との接し方への気づかいが実家への行き来を妨げる要因になっていた。尚美にとっては自分の親ゆえ当たり前のように振る舞えることも、由高にとっては「義理」の親であるため、気をつかうことが少なくなかった。特に家族の環境が由高の実家と大きく違っていたがゆえに、ストレスを感じるようになることも少なくなかった。

3連休になると、尚美と子供たちが実家に泊まることもあった。由高も社宅に住んでいた頃は泊まっていったことがあったが、マンション暮らしになってから、自分の時間欲しさもあり、また、家事・育児に追われ精神的にまいっている尚美と距離を置きたい気持ちもあったので、最近は、由高が尚美と子供たちを実家まで送り、一緒に食事をしたあと一人で帰宅し、翌日迎えに行くという日もあった。この「週末別居」が、のちに由高の家族のライフスタイルに大きな変化を与えるようになっていくとは思いもしなかった。

由高は、最近悩んでいることがあった。

由高の勤めている会社で、社員のスキルアップ向上のため、各職場で資格取得が推進されていた。技術職の人達の場合、テキスト代やセミナー代、さらには資格試験代も補助される。しかし経理事務をしている由高にとっては、経理関係の資格取得を目指す以外に選択肢はなかった。ところが、経理の資格については直接会社の業務に役立つわけではなかったので、会社からの補助は出ず全額自己負担だった。しかも、由高は入社してすでに10年以上たっているので、最低でも「日商簿記2級」レベルの資格を受験し合格するよう、上司からさんざん言われてきた。ある日、経理部長から、

「お前の場合、日商簿記1級かそれ以上の税理士にチャレンジして欲しい」

とまで言われ、由高は上司の叱咤のせいで精神的にまいっていた。

由高は、こうした事情もあって、自宅に帰ると、どんなに夜遅くとも1時間ほど

受験勉強に時間を充てるよう努力していた。しかし、帰宅すると小さな子供たちに、「遊んでくれ」とせがまれ、また、日頃「忙しい」と嘆く尚美のために家事の一部を手伝う日々がほとんどだった。それゆえ、気力と体力の限界で、1日1時間の勉強時間を捻出することさえ厳しく、週2、3日の勉強、しかも参考書をパラパラめくる程度が精一杯の現実だった。

試験の1ヵ月前、由高はかかりつけの心療内科の医師にも相談した。医師は、「本当は無理をなさらない方がいいのですが、やらされていると思わず自ら挑戦していると心がけて実践することをおすすめします」と、慰めてくれた。

由高は、資格取得の事情について尚美に「この資格を取らないと、会社における自分の立場や給料が下がる」ことを話した。尚美も自分の忙しさを由高に常々話していたが、今の生活水準を下げたくなかったので、できる限りの努力をすることを約束した。

由高はそれからというもの、自分の趣味の時間をつぶし、子供たちとのスキンシップも最低限にし、勉強に費やした。しかし、試験へのストレスが増すにつれて、精神安定剤の服用が増えていき、副作用による集中力の欠如や眠気が由高の勉強の妨げになっていった。それゆえ、せっかく自室にこもり勉強するものの、参考書や模擬問題集に向かっても意欲が湧かない日々が続く。由高の心はあせるばかりだった。

そうこうしているうちに、試験当日を迎えた。由高の身体はフラフラで、頭の中は「真っ白」な状態だった。勉強はしたもののあいまいな記憶しか残っておらず、試験問題を見ても何をどう書いていいのかわからなくなっていた。その上、試験終了時間が近づくにつれて由高の頭はパニック状態になり、せっかく書いた正解を誤った解答に書き直すなどの行動に出てしまい、結果は見るまでもなく散々だった。

「不合格」だった試験結果を上司に報告した時、上司に、

「本当に勉強したのか？　何もしていなかったんじゃないの」

と言われ、由高の頭の中はキレる寸前だった。しかし、必死にこらえていた。

「自分の時間が欲しい……」

由高は、この時ほどそう感じたことはなかった。

簿記2級試験に落ちた由高が落ち込んでいる頃、尚美は、子供たちの面倒を見ることに限界を感じていた。

週1回は実家に行き息抜きをしているかのように見える尚美だが、最近は実家に行っても休んだ気になれないでいる。最近は子供を実家に連れてきても、買物に出る時は子供たちがついて来たがり、以前のように子供たちを預け、二人きりになれた頃のように買物中に一休みすることができなくなった。また、尚美の両親も70近くの高齢になり、子供たちの面倒を見ることに限界が生じるようになっていた。尚美の父親は年齢の割には子供たちと散歩できるくらい元気であった。けれども母親は、持病の腰痛のせいで体重が10キロそこそこの孫娘を抱っこすることができない状態だった。

また、最近はしつけに厳しい由高と義父母が、言うことを聞かなかったり、出したおもちゃを散らかし片づけない子供たちに、一緒に叱るようになった。以前の義父母は、孫に対しかわいがるばかりで叱ることはなかった。尚美も、自宅で子供たちに叱り疲れ、自分の実家にいる時だけは子供たちの自由にさせたいという思いから、自由奔放にさせていた。それゆえ、尚美の実家では由高一人が恨まれ役で子供たちを叱っていた。ところが、由英も来春には小学生になることもあり、由高は義父母に子供たちに厳しくしてもらうように懇願したのだった。しかし尚美にとって、せっかくのんびり過ごしたい時に、親と由高の叱り声や子供の泣き声を聞いていると、イライラが募るようになり、両親や由高と口ゲンカすることが多くなった。ただ、尚美と両親の口ゲンカは今に始まったことではないので、あとに残ることがないのは幸いだった。

自宅でも、由高と尚美の口ゲンカが多くなった。原因は子供の教育方針が多いが、最近は由高の疲れやすさが目に余る。会社から帰宅するとまずソファーに座り、夕刊を読む。尚美は夕食の支度も終わり食卓に準備するのだが、以前の由高ならば手伝うか子供の面倒を見てくれていた。が、最近の由高は新聞を読む方を優先し、尚美が注意しない限り子供の相手をしなくなった。由高は簿記試験に落ちたショックから、勉強という大儀名分で新聞のニュースや経済情報をくまなく見るようになったが、仕事の疲れが増し、ソファーで横になりながら新聞を読むことが多くなった。しかし、そんな由高に子供たちが近寄っていき、由高の心の余裕がない時は「邪魔だ」とつい怒鳴ってしまう。

尚美はそういう由高の態度にイライラが募っていった。

「あたし忙しいんだから、由ちゃん新聞なんか読んでないで子供たちの面倒を見てよ」

尚美がしびれを切らして由高に怒鳴ってしまう。由高は新聞を横に置き、子供の面倒を見ることもあるが最近は、

「仕事で疲れているんだよ。しかもニュースを見ないと仕事についていけないから、家にいる時くらい好きにさせてくれ」

と逆ギレしてしまう。

「子供がいるうちは自分のことは何もできないんだから！」

更にキレた尚美が追い討ちをかける。

由高と尚美は、お互い違う意味で「疲れ」を感じつつも、それを解決するすべもなく、いっそう疲れを増していったのであった。

第六章　疲れた末の出来事

由英の幼稚園が夏休みに入り、真里一人でさえ忙しさにつぶされている尚美にとって、二人の子供たちの面倒を見るのは、まさに「地獄」だった。家事をしている時も、いつ子供たちが何をしでかすかわからず、尚美の心中は休まる暇もなかった。

特に尚美が一番いらだつのは、「物をなくす」ことだった。忙しさの中で、つい少し前に置いたものさえ、子供のことでかまっているうちに置いた場所さえ忘れてしまう。この間も履いていたスリッパを脱ぎ、ベランダで洗濯物を干したあと、部屋に戻ると、あるはずのスリッパがなくなっていた。なくなった原因は、子供が尚美のスリッパを履いて他の部屋に行き、そこに脱ぎっぱなしにしてしまったのだった。尚美は、その時点でスリッパを捜すものの、1分もたたぬうちにイライラが募り、ひどい時には子供たちにあたってしまうこともあった。たいてい、数十分たって見つかるものの、見つけたあとの尚美はしばらく放心状態になる。

由高も尚美のこの行動に翻弄されていた。つい先日も会社から帰るやいなや、尚美が怒鳴り声を上げながら捜し物をしていた。メモ用のボールペンがなくなったと言う。

由高は内心いらだちつつも、いらだつ尚美に対して慣れっこになっていた。平静を装い、だいたいの目安をつけて捜す。たいていは尚美の視野にあることが多い。

「ここにあったよ」

何でイライラするの……由高はいつも思っていた。が、尚美には言わなかった。


数日後、由高は普段どおりに帰宅した。しかし、家の様子が何かおかしい。真里が泣いているので、「また兄妹ゲンカか」と思ってリビングに入ると、台所のカウンターでぼおーっとしながら缶チューハイを飲む尚美がいた。夕食の支度も途中のままだった。由高は驚き、言葉につまった。

「どうしたんだ！　真里も泣いているだろう」

由高は尚美に詰め寄った。すると尚美は興奮した口調でしゃべり出した。

「さっきまで、英《ひで》ちゃんの学習教室で使うクレヨンを捜していたんだけれども、全然見つからないのよ。英ちゃんは全然捜さないし、頭にきちゃって、そんなこんなで何もしたくなくなったのよ」

「だからって、夕食の支度や泣いている真里を放って置くことはないだろう」

「由ちゃんに主婦の忙しさなんかわからないわよ。由ちゃんも仕事が忙しい、忙しいって言うけど、私に比べたら全然楽なもんよ」

「だったら落ち着いて捜せばいいじゃないか」

「それができないくらい、由ちゃんも知ってるじゃない！」

そして、尚美はつぶやいた。

「ああ、こんなことなら結婚しないで一人暮ししていればよかったなぁ」

由高は、次の言葉がしばらく出なかった。ただ、泣き止まない真里を抱き、由高自身の心を落ち着かせることで精一杯だった。

尚美は、こういうことを言うのは今回が初めてではなかった。が、今回のような荒れかたは今までになかった。由英も、

「ママ、壊れちゃった」

とさえ言っていたくらいだった。

「まさか、離婚なんて考えていないだろうな」

由高は、尚美に問いただした。

「そうね。由ちゃんも子供たちの面倒見るのも大変そうだし……」


しかし、由高は冷静になって考えてみた。もし離婚したとして尚美が養育権を得た場合、自分の給料で養育費を払い、しかも今のマンションのローンを支払って自分の思いどおりの生活ができるわけがない。また、今の尚美の状況を見ても二人の子供たちを満足に育てられそうにないのは目に見えている。逆に由高自身が子供たちを養育した場合、今の生活で精一杯の由高に、家事・育児をやっていく自信はなかった。また、尚美が一人身になった場合、尚美自身は特に就職に有利な資格を持っていないし、尚美の将来を考えても明るい方向には向かわないことは目に見えていた。

由高は、尚美は「自分の時間が欲しい」……ただそれだけのことなのだ！　と思った。由英の幼稚園も夏休みに入ったので、尚美の心労も並大抵ではないのだ……そう思った。

翌日、由高は尚美の父親と二人で居酒屋にいた。由高は義父に昨日の出来事を話した。

「離婚をしようと考えたことは一度もありません。ただ、このままでは僕も尚美も壊れてしまいそうで……。こんなことをお父さんにお話しして申し訳ありません」

「俺も、由ちゃんにはうちの娘のようなやつをもらってくれて本当に苦労していると思う。毎週うちに来てくれて尚美は休んでいるのに、本当にわがままなやつで申し訳ないよ」

「尚美は、『ただ自分の自由な時間が欲しい』……それだけだと思うんです。で、考えたんですが……由英も夏休みに入ったので、お父さんとお母さんに迷惑を承知で、尚美と子供たちを週末だけでいいので預かっていただけませんでしょうか。そうすれば、尚美も少しは休まるんじゃないかと思って……。あと、自分もいろいろと考える時間をもてるし……」

「あまり考え込まない方がいいよ、由ちゃん。尚美と子供たちのことなら心配いらないから。それよりも、由ちゃんが気を楽に持ってもらえれば、うちはかまわないけど……」


由高は、こんなことを考えていた。

由高自身も尚美も、二人の子供を抱えながらいまだに『自分の時間が欲しい』と親の自覚が足りないと由高自身は思った。これが由高と尚美の二人だけの生活ならば、お互い自分の時間を過ごすこともできたかもしれない。けれども、今は二人の子供を抱え、子供中心の生活になり、由高も尚美も疲れていた。しかし、今の由高と尚美にとって、『休息』の時間を持たなければ今の生活に破綻が見える……そう思った。現にそういったことが原因で離婚や子供への虐待などの事件が目立っていることも否定できない。けれども、子供たちのことを考えると離婚はできない。ましてや虐待や心中なんて……由高が考えた末の結論は、「とりあえず週末だけ離れて暮らしてみる」……これが『週末離婚』の始まりだった。

ある夏休みの週末、尚美は子供たちを連れて実家に帰った。その前日、由高と尚美は子供たちが寝たあと話し合った。話を切り出したのは、由高ではなく尚美からだった。

「ねえ、夏休みの間だけでいいから、週末実家に帰っていい?」

尚美の突然の話に、由高も返答に困った。ただ、由高も週末の別居を考えていたので、尚美の質問に答えた。

「いいけど……離婚なんて考えていないよね」

「何言っているの、由ちゃん。私はただ、自分と子供たちだけでいるのが辛いから親のところに行くだけよ。由ちゃんも私がいない時に、模型とか好きなことしていたいでしょ」

「そりゃあ俺も好きなことができれば言うことないし、離婚なんて考えていないよ。ただ、今のような生活をしていたら俺も尚美もボロボロになる。だったら、週末だけでも離れてみてお互い自由な時間をつくることができればと思っていたんだ」

しかし、尚美は由高に言った。

「でも、子供たちと一緒なのは私だから、私は完全には『自由』じゃないんだからね」

「うん。だから、時々は俺が子供の面倒を見て、尚美の自由な時間をつくろうと思っている。それならいいだろう」

「それならいいけど……けど、由ちゃんがそんなこと考えているなんて思わなかった」

「尚美が『離婚』って口走っているから、俺もマジで考えていたんだ」

「由ちゃんったら何でもまじめに考えるから。気楽に考えようよ」

尚美は由高に微笑んだ。


尚美と子供たちのいない初めての週末の夜、由高は何をするわけでもなく、テレビを見たりインターネットをして過ごしていた。

由高は、一人になったら何をしたいかあれこれ考えていた。毎日の忙しさに忙殺されて満足に読めなかった新聞を読んだり、満足にできなかった簿記の勉強をしたり、また新曲がリリースするたびに買っていた好きな「モーニング娘。」の曲を聴いたり、たまった録画済みのビデオテープの編集などたくさん考えていた。しかし、いざ一人になると何をしていいのかわからず、疲れがたまっていたことも重なって、日中は床にゴロンと寝ながら雑誌を読んでいるうちに時間が過ぎていった。「こんなつもりじゃなかったのに……」と頭の中では思っていても、日々の疲れで思いどおりに体が動かなかった。

夕方、夕食を買いに近くのコンビニに出かけた。独身時代だったら安易にファミリーレストランで外食を考えていただろうが、今や家族を抱え、マンションのローンを抱える身の由高にとって自由になるお金はなかった。結局、コンビニの弁当よりも安いチェーン店の牛丼を食べ、帰宅した。それからはビデオや新聞の整理もせず、見たいテレビ番組を見たり、パソコンでインターネット仲間の掲示板やホームページを見ているうちに、時間は「あっ」という間に過ぎていった。

「こんなつもりではなかったのに……」由高はそう思いながら、布団に入った。

翌日、由高は尚美たちを迎えに実家に向かった。一人で無駄に過ごした夜には後悔してはいなかった。ただ、むなしさだけが心に残った。

第七章　二人の週末

由高と尚美が週末を別々に過ごすようになり1ヵ月。由高は一人で過ごすことが多いため、食事の支度や家事の一部を自分でこなさなければならないことを除けば、だいたい自分のしたいように過ごすことができた。それでも鉄道模型のジオラマ製作や、簿記受験勉強などの仕事に関する自己啓発はなかなかできないでいた。ここのところ疲れのたまっていた由高は、休息の時間、というより横になって過ごすことが多かったため、思っていたほど、ジオラマ製作のような趣味に没頭する時間が取れなかった。また、自己啓発をする気分になれない日々が続き、たいていの週末はたまったビデオの観賞や好きな「モーニング娘。」のCDを聴いたり、インターネットを見て過ごすことが多かった。

せっかくの週末を自宅で過ごすことの多い由高だが、1回だけ終電近くまで外出したことがあった。好きな「モーニング娘。」のコンサートを、あらかじめチケットを入手してくれたインターネット仲間と応援しに外出したのだった。家族に追われ、行きたい気持ちは山々でも、なかなかコンサートに行くことができなかった由高にとって、独身時代のように週末を一人で過ごすことができなければコンサートなど無理なことだった。その日も尚美と子供たちは実家で過ごすことになっていたので、コンサートのあとはそのインターネット仲間と共に打ち上げと称する飲み会に参加した。気の合った仲間同士の飲み会も久しくなかった由高にとって、久しぶりにはめを外し、時間を忘れて飲んだり話をしているうちに、気がつくと終電近くなったのだった。

そんな由高に比べて、尚美は自分自身が思い描いていた週末を過ごせずにいた。由高と離れ、子供たちの面倒を自分の両親が見てくれたりしてくれるので、家事や子供の世話は自宅にいるよりは楽にはなった。しかし、一人で過ごす由高と違って、離れて暮らしていても子供たちは一緒なので、自分の両親とはいえ預けて一人遊びに行くことなどできずにいた。

確かに家族４人で過ごす週末と違い、食事の支度も家事もほとんど親まかせにしようと思えば親がやってくれるので、尚美は家事に追われることなく子供と向き合うことができた。また、遊ぶ時も両親が一緒にいてくれる時があるので、尚美にとって気の休まる時間が増えたのは事実だった。しかし、尚美は一人で過ごす由高がうらやましかった。

ある金曜日の夜、尚美は由高に話を切り出した。

「ねえ、今週の週末は由ちゃんが子供たちの面倒を見てくれない？」

「別にいいけれど、実家の両親が面倒見てくれるんだからいつもどおりでいいんじゃないの？　それとも今の生活に不満があるの」

「由ちゃんは一人だから何でもできるかもしれないけれど、私は子供を連れて行っているから、たとえ親が面倒見ているといっても、結局最後は自分が面倒見なきゃならなくなるの。由ちゃんはそこのところがわかっていなかったのよ」

「で、一人になって何がしたいの？」

「由ちゃん、こないだコンサート行ったじゃない。私だって遊びたいのよ。昔の友達と飲みに行ったりしたいのよ。由ちゃんばっかりいい思いしないでよ」

由高はコンサートに行ったこともあって、あまり強いことは言えず、黙っていた。

「じゃあ、お父さんが来てくれれば私一人で外出していい？」

由高は迷った。由高は一人で過ごし、尚美から見れば好き放題やっているように見られても仕方なかったかもしれない。が、実際は一度コンサートに行ったものの、それ以外は休息中心の「充実」とはいえない過ごし方をしていたので、好き放題遊びたがっている尚美の言葉には内心、不満がこみ上げていた。

「確かにコンサートには一度行ったよ。でも、俺は体調が悪くて会社でも体調を崩すこともあるし、休養日がないと大変なんだよ」

「じゃあ、私はどうなるのよ。毎日家事や子供の面倒を見ているのよ」

尚美の口調がきつくなってきた。このままでは尚美が爆発しかねない……由高は思った。

「じゃあ、お義父さんに来てもらえるんだったらいいよ」

結局、由高が折れた。

その翌日、尚美は実家に行かなかった。家族全員で朝食をとったあと、一人で外出した。由高は、初めて尚美がいない時に子供たち二人と過ごすことになった。尚美の父が来るまでの間、由高は子供たちと一緒に過ごす時間がものすごく長く感じた。まだ小さい真里が抱きついてくると、由英の方まで手が回らない。5歳の由英もまだ甘え盛りで、真里を抱っこすると由英も抱っこをせがんでくる。いくら父親とはいえ、子供二人を抱きかかえるのは辛い。ましてや疲れのたまった由高にとっては「残酷」だった。

さらに、由高の一番嫌だったことは、由高の趣味である鉄道模型やCDソフトを子供たちがさわり、散らかされることだった。平日でも、子供たちが日中に由高の部屋に入り、真里が本棚に整頓してあるCDソフトを散らかすのは日常茶飯事で、由高が会社から帰宅し自分の部屋で散らかったCDを片づけたりしていると、子供たちがすぐやって来て、鉄道模型を動かしたりして自分の好きなこともできなかった。由高が「さわるな」と言っても、子供に理解できるわけがなく、尚美にまで、

「あまりダメダメ言わないでよ。子供たちが萎縮したらどうするの！」

と怒られる始末だった。尚美は子供たちにはしたい放題にやらせているようだった。


由高は尚美の父が来るまで、子供たちがなるべく自分の部屋に行かないようにリビングで子供たちの面倒を見ていた。本当ならば由高は自分の部屋で自分のしたいことをしたかった。けれども尚美と約束した以上、今日は子供中心の一日を過ごさなければならなかった。テレビのチャンネル権は由英に独占され、見たい情報番組も見ることもできない。真里はまだおむつが取れていないので、おむつ換えをしなければならなかった。しかも甘え盛りなので由高からなかなか離れず、由高は何もすることができなかった。

「こんなことなら、会社で仕事をしている方がまだましだ……」由高は頭の中で尚美の毎日を想像しながら、そう思った。

由高は早く義父の来ることばかり考えていた。

「ピンポーン」

由高の疲れが限界に達した頃、玄関のチャイムが鳴った。内心、由高は義父が押したチャイムであることを祈った。由高が重い腰を上げるやいなや、子供たちが玄関に走っていった。3人がドアを開けると、

「こんにちはぁ。おじいちゃんですよぉ」

と義父の元気な声が聞こえた。

「おじいちゃん、いらっしゃい！」

由英が元気な声で義父を迎えた。真里も義父に駆け寄った。由高も笑顔で迎え、義父をリビングに通した。義父が来てくれたことで、由高は内心はほっとしていた。

義父はカートにたくさんの荷物を引っ張って来てくれた。

「カートの中身は何ですか？」

由高が尋ねた。

「お昼ご飯を持ってきたよ。少し遊んだら一緒に食べようと思って」

「いつもありがとうございます。お昼まで用意してくれて……」

由高は恐縮して言った。

「由ちゃん、俺に気をつかわなくていいよ。孫たちの面倒は俺が見るから、ゆっくり休んでいていいよ」

そう言って、義父は子供たちを連れて近所の公園に遊びに出かけた。


由高は尚美の実家にいる時も、子供たちの面倒は義父に任せていることが多いので、申し訳ない気持ちが常に心の底にあった。けれども由高は疲れがひどかったので、昼食の時間まで義父の言葉に甘えて自分の部屋で過ごすことにした。

由高は、自分の部屋で読書をしながら、しばらく考えた。自分も尚美も、子供のことに関して義父母に甘え過ぎているのではないか……自分も尚美も二人の子供を持つ親としての自覚が足りないのではないか。ただ、尚美にとっては実の親だから、多少のわがままは許されるかもしれない。けれども、実の親ではない義父母に自分がここまで甘えてもいいのだろうか……由高は尚美の家族とは結婚前から数えると、すでに約8年以上過ごしているので家族同然と言われればそうかもしれない。ただ、もしこれが自分の親だったら、こんなに甘えることができるだろうか。ましてや尚美と両親との板ばさみになり、もっと苦痛の日々を送っていたかもしれない。

一度考え込むと悪い方向に傾いてしまうところが由高の短所だったが、四角四面に、思いどおりにいかないとなおさら考え込んでしまう由高だった。

由高があれこれ考えている間に、時間はすでに12時になっていた。玄関のチャイムが鳴り、義父と子供たちが元気に帰ってきた。義父が真里をベビーカーから降ろす姿を見て、由高は「本当は自分がすすんでやらなければならないのに……」と思いながらもついつい甘えてしまう自分が嫌だった。けれども、由高はリビングに一気に走る子供たちに「手を洗いなさい」と言い、言うことを聞かない子供たちを抱きかかえ、洗面所で手を洗わせるだけで精一杯だった。

第八章　大人になりきれない自分

昼食の用意も終わり、由高と義父、そして子供たちの4人での昼食が始まった。子供たちは遊んだあとということもあって、義父が持ってきた昼食をたくさん食べていた。真里も慣れないスプーンを使い、時々こぼしながらも笑顔で食べていた。

「おじいちゃん、おいしいよ」

由英が嬉しそうに答えると、

「そうか、いっぱい食べるんだよ」

義父はとっても喜んでいた。由高も一緒に食事をしたが、食欲もあまりなく、本来由高が見るべき子供たちの面倒を義父に甘え、まかせていた。午前中の大半を一人で過ごすことができた由高だったが、ほんの数時間で慢性化した疲れを取るには至らず、会話のはずむ義父と子供たちと話はするものの、あまり食もすすまなかった。

「ほら、由ちゃんもいっぱい食べて」

「ええ」

義父の言葉にも、カラ返事の由高だった。

昼食後すっかり満腹になった子供たちは、ほどよい疲れもあって眠そうな顔になってきた。由高は子供たち二人分の布団を敷き、昼寝の用意をした。ほどなく、子供たちは床の上に横になって眠そうになり、由高は二人の子供たちを布団に移動させた。

子供たちが眠りについたあと、義父と由高は、お茶を飲みながらしばらく話をした。

「すいません。そちらに伺っても子供たちの面倒を頼みがちなのに、家に来てもらっても同じようなことになってしまって……」

「由ちゃん、気にすることはないよ。俺は今、孫たちの元気な姿を見るのが一番の楽しみだから。それよりも最近の由ちゃんに元気がない方が心配だよ。何か悩みでもあるのかい？」

由高は最近の尚美のことについて話し始めた。

「お義父さん相手に話しづらいんですけれども、週末を尚美と離れて暮らすようになって、お義父さんたちに迷惑をかけてばかりいるんじゃないかとか、今回のように尚美も一人で過ごしたいとか、尚美もかなり欲求不満がたまっているんじゃないかって……」

「尚美のことは俺も申し訳なく思っているよ。自分のことを棚に上げて言いたいことばかり言うところが、俺に似てしまったんだろうなぁ」

「でも、尚美を結婚相手として選んだのは自分自身だから、何も尚美ばかり責めるつもりはないんです。自分も最近子供の面倒を見たりしないことが多かったりで、尚美に手間かけてばっかりだから」

由高は、週末を一人で過ごす数ヵ月前から体調に変調をきたしていた。朝も気持ちよく目覚めることができず、目覚ましのアラームが鳴ってからもしばらく布団から抜け出せず、遅刻ギリギリに家を出ることが多くなった。会社から帰宅しても、疲れがひどく体が思うように動かず、子供の相手もできずにいた。そして夕食をとり、風呂に入ったあとは好きなインターネットもしないで寝てしまう日々が多くなっていた。

「由ちゃんが疲れ気味だってことをあいつが気づかってくれれば、由ちゃんもこんなに悩まなくてもいいのに……あいつはいつまでたっても子供だから」

義父は尚美をもらってくれた由高に対し、申し訳ない気持ちでいっぱいだった。

「でも、尚美が俺に対して怒るのも無理ないかもしれないんです。最近は家事や子育ては尚美まかせにして、いくら疲れているとはいえ、好きなことをしているのは自分の方が多いし、自分も子供なのかもしれません」


しばらく二人の間に沈黙が走った。

義父がつぶやいた。

「尚美や由ちゃんとは、時代も違うからなぁ。俺には由ちゃんたちの年代の連中が考えていることや行動が理解できないことは確かに多いなぁ。昔と比べるのがいいとは思わんが、男が弱くなって、女の方がなんだかんだと言いたいことを言い出すようになってから、なんかおかしくなっているんじゃないかな。俺らの時代なんか男尊女卑と言えば言葉は悪いが、男と女にはそれぞれ役割があって、その一線のおかげで何とかなっていたのかもしれないなぁ。それが戦後になって、男女同権だ、平等だの言い出すようになってから歯車が狂い出したんだよなぁ」

戦前生まれの義父らしい言葉だった。由高もその話の内容には共感できるものはあった。由高がつぶやいた。

「自分も30年前だったら、うまくいっていたんだろうか……」

「そうかもしれんが、時代は戻らないしなぁ……由ちゃんは今の時代なりにやっていくしかないから辛いよなぁ」

由高は義父の話を聞き、今の時代に生まれてきたことを悔やんでいた。物質的には義父の時代と比べるとはるかに豊かになり便利な時代になった。けれども、心の面では昔の方がはるかに豊かだったのではないか……たとえ貧乏で狭い家に住み、物質的に恵まれていなくてもそれでも十分満足していた時代があった。それに比べて住む家は一昔前より広くなり、さらにお金に余裕があればインターネットで友人をつくることができたり、衛星放送で多様な情報を得ることができるようになるなど豊かな生活が享受できるようになった。

それでもお金には代えられないもの、いや、代えてはいけないもの……それは「心」ではないだろうか……それが人間関係であり、身近なものでは家庭や育児ではないだろうか。家庭や育児もホームヘルパーやベビーシッターに頼むことができれば……というより、それだけのお金があれば自分たちの自由を獲得しながら家族や育児を享受できる。けれども、そこまでして本当に豊かなのだろうか。確かにホームヘルパーやベビーシッターに家事・育児をまかせ、自分たちがもっとしたいことをできる生活はそれに越したことはない。由高も尚美も「お金があれば……」とそういうことを少なからず感じていた。しかし義父の話を聞き、由高の頭の中で「ブレイクスルー」が目覚めた。お金や時間に恵まれた生活よりもっと必要なもの……それが「心」ではなかったか！

由高の中に失いかけていたものが、わずかだが再び芽になってあらわれてきた。

由高と義父が語り合い悩んでいたその頃、尚美は10年ぶりに会った友人の佳子《よしこ》と共に元町を歩いていた。

佳子と尚美とは、二人が勤めていたレストランの同期入社だった。が、結婚前まで勤めていた尚美と違い、入社1年もたたずに佳子はその会社を辞めた。けれども尚美と佳子は入社直後の研修で同じ班になってから意気投合し、佳子が会社を辞めてからも友達づきあいを続けていた。もともと友達をつくることが苦手だった尚美にとって、佳子は心を許せる数少ない「親友」だった。

佳子は、そこのレストランを辞めてから数年たって結婚し、二人の子供に恵まれ、今では上の子供は小学校六年生になる。けれども佳子は離婚していた。佳子の夫だった人は、結婚後子供をつくる時以外の性生活はおろか家族を顧みない仕事人間であった。朝、佳子と子供たちが起きる前に自宅を出て、帰宅するのは子供たちが寝静まった深夜になる毎日で、帰宅後も佳子と会話を交わすことはほとんどなかった。

そんな夫と一つ屋根の下で生活していても、実際は「家庭内別居」同然の状態であった。そして、5年前に「離婚」した。

そういう意味では、尚美にとって佳子は結婚生活の「先輩」でもあった。尚美は佳子と電話で頻繁に連絡を取り合っていた。

尚美が佳子と会ったのは、由高と結婚してから初めてだった。結婚前は、佳子が結婚した後も月に1回は会っていたが、尚美が結婚してからというもの、長電話で話を交わすことはあっても、県外に住んでいた佳子と会う時間をつくることがなかなかできなかった。ましてや子供ができてからはなおさらであった。

「こうして会うのも10年ぶりね。尚美、結婚生活うまくいってる？」

元町の喫茶店で軽い昼食を食べながら、佳子は尚美に語りかけた。

「子供も二人になったけれども、ダンナがあまり家事や育児に協力的でなくて困っているのよ。そのくせ、趣味の模型を買ったり、コンサートに行ったり……いい気なもんよ」

「でもいいじゃない、尚美のダンナはたくさん趣味があって」

「でも、趣味ばっかりにかまけて子供の面倒も見てくれないなんて、いない方がましよ」

「そう言いながらも、尚美も今日はダンナに子供を預けて会いに来たわけだ」

「でもうちのお父さんが家に来てくれているから、ダンナ一人で見ているわけじゃないし」

尚美と佳子の会話は尽きなかった。しばらく間を置いて佳子が尚美に問い掛けた。

「でも、離婚なんて考えていないよね？　私は前のダンナと離婚して後悔はしていないけれども、生活は楽じゃないよ」

尚美は、少し考えてから佳子に語り始めた。

「実は今、週末だけ実家に帰っているんだ。上の子供の幼稚園が夏休みの間だけのつもりなんだけど」

「ちょっと尚美、それって由高さんと離婚を考えているの？」

「そんなんじゃないんだけど……由ちゃん……私はダンナのこと今でも由ちゃんっ

て呼んでいるんだけど、由ちゃんが週末離れて暮らしてみないかって言ってきたんだ。週末だけでも離れて暮らしてみて自分の思い通りにいくかどうか確かめてみようって。でも……」

「でも？」

第九章　理想と現実

「週末離れて暮らしてみて思ったんだけど、実家に私が戻っていても結局子供の面倒を見ているのは私だし、一人になっていい思いをしているのは由ちゃんじゃないかって……今日、由ちゃんに子供たちの面倒を見てもらっていると言っても、うちのお父さんも一緒だから、結局は由ちゃんもお父さんに甘えているだろう……って」

佳子が口をはさんだ。

「尚美……でも、由高さんが浮気とかしているわけではないのだし、子供の面倒を見てくれないだけでしょう?」

「そうでもなくて……子供の面倒を全く見ないわけではないの。ただ、子供のことより趣味の方に熱心だったり……」

「じゃあ、子供の面倒も見ているんじゃないの?」

「そうなんだけど、お金のかかる模型をたくさん持っているから、子供が模型をさわった時の由ちゃんって怖いのよ。由ちゃんって結構神経質なところがあって、子供に対しても大人と同じようにきつく注意することが多いのよね。由英がまだ小さい頃に、誤って模型を床に落として壊した時なんか、由ちゃん気が狂ったかと思うくらいに怒っていたのよ」

「今も変わらない？」

「今は上の子はわかってきたし、由ちゃんも親子で趣味が合う喜びを知ったから模型を走らせるところは見せているわ。でも、今度は下の子に対して同じことがあるのよ。でも、女の子だから、由ちゃんもあまりきつくは言っていないかな」

「男親って、娘には甘いからね」

佳子の言葉に、二人とも苦笑いした。

「だったら、そんなに夫婦仲が悪いわけでもないし、別居することにメリットってあるの？」

「そうなのよ。私も由ちゃんも週末離れて暮らしてお互いの自由な時間を謳歌しようと思って始めたことなんだけれども、今思うと、私は親元にいても子供と一緒だから、いくら親が手伝ってくれるとはいっても、自分の家にいるのと変わらないし……実は由ちゃんのことも考えてのこともあったりして……」

「由高さんがどうかしたの？」

「うん。実は由ちゃんと出会った頃、由ちゃんが仕事上のストレスで入院して、それから2週間ほど休職してから元の仕事に戻ったんだけど、周囲との人間関係がボロボロになって、神経的にかなりまいってしまったみたいなの。私は、由ちゃんの会社のことは聞いていなかったから知らなかったんだけど。私と結婚して数ヵ月たって、職場の同僚とケンカして、私が由ちゃんの会社に呼ばれたことがあったの」

尚美はさらに続けた。

「由ちゃんの上司から『お宅のご主人がこのままの状態では、職場の秩序も乱れるのでしばらく休ませてはどうですか』って言われたの。入院のことは由ちゃんから聞いていたけれども、私には会社に呼ばれたことの方がよっぽどショックだった」

「で、由高さんにはそれから何かあったの」

「由ちゃん、そのケンカ相手にケガを負わせて懲戒処分で2週間休むことになったの。でも、由ちゃんは『会社が悪い』の一点張りで、私にはあまり話してくれなかった。それよりも、会社の人に言われたことでもっとショックだったことがあったの」

「どういうこと？」

「由ちゃん、薬を飲んでいたの……精神安定剤。それが、会社の人に勧められて精神科に通っていて、そこで精神安定剤をもらっていたことを知ったのよ。由ちゃんは、『会社は完治するまで休め！　と言っているけど、そこの病院では薬を飲んでふだん通りの生活をするように』と言われて……そのジレンマに今も悩んでいるの」

佳子はそのことを聞いたあと、しばらく黙ってしまった。

「ねえ、尚美。由高さんがそういう状況だって結婚前に知っていたら結婚していなかった？」

「わからない……」

尚美は言葉に詰まった。

「由ちゃんからプロポーズされた時、すでに入院していたことも知っていた。でも、私と一緒にいた時の由ちゃんは、ストレスに苦しんでいる由ちゃんではなかった。でも……結婚して、子供が生まれてからストレスに苦しみ、趣味やパソコンに逃げる由ちゃんを見て、私もこのままでいいのかなと思って……今思えば結婚して正解じゃなかったと思うことはあるけれども、離婚に踏み切るのはどうかと思って……だから佳子に相談しているの」

佳子は、悩む尚美に対しての答えを考えながら、タバコをくゆらせた。

「尚美は、本当に離婚して子供たちを育てていく自信がある？」

尚美はうつむいた。

「経済的に、由ちゃんが引き取るとなれば別だけれど、今の由ちゃんが子供二人抱えながら仕事を両立できるとは思えないし、私もこれといって能力がないから、経済的には無理かなぁ。両親と同居すれば、子供の面倒とかやっていけないことはないと思うけど」

その言葉に対し、佳子は、

「尚美は甘いよ。厳しいこと言うけれども、今の年齢で親に甘えるくらいなら離婚はやめた方がいい。私も尚美と同じように何の能力も資格もなかった。だから夜間のコンビニやファミレスのアルバイトをしてここまできた。私も親と同居しているから、尚美にえらそうなこと言えた立場ではないけど、尚美の話を聞いていると、親に甘えていると思う。確か尚美のご両親って、もう70近かったよね」

尚美はうなずいた。

「それなら、なおさら親を頼っていくのは無理よ。自立して子供たちを養っていく覚悟がない限り、離婚しても後悔するだけだよ。由高さんだって全く家庭を顧みないわけではないんでしょ」

「それは……私が『何か手伝って』と言えば文句は言うけれども、よっぽどのことがない限りケンカになったりしないし、全く手伝わないわけではないけど」

「それならやり直せるよ。『週末離婚』なんてどっかの小説のようなかっこつけたこと言わないで、由高さんともう一度話し合って共に助け合っていくべきじゃないの」

佳子の言葉が終わるやいなや、尚美の携帯電話が鳴った。由高からだった。

「ちょっと待って。携帯が入っちゃった」

尚美は携帯電話に出た。

「どうしたの、お父さんまだいるんでしょう？」

「うん。まだいるけど、どの位かかりそう？　さすがにお義父さんを夕食まで引きとめるわけにもいかないし……」

「夕食だったら出前か近所のファミレスでもいいじゃない。今日は私の思い通りにさせて欲しいって言ったじゃない。じゃあ切るわね」

「尚美、ちょっと待って！」

佳子は尚美の携帯を取り、由高に話し始めた。

「初めまして。尚美の友人の佳子です。今、尚美からいろいろ話を聞きましたが、由高さんからもいろいろ聞きたいので、今からご自宅に伺ってよろしいですか？」

突然の佳子の言葉に、横にいた尚美も電話口の由高も一瞬驚いた。

「ええ……。何もお構いできませんが、いいですよ」

「では、夕方までには尚美さんと共に伺います」

その言葉で電話が切れた。由高は何が何だかわからなかった。

呆然としている由高に、義父が問いかけた。

「由ちゃん、尚美はいつ帰ってくるんだい？」

「本当は夜まで帰ってこないつもりらしかったんですが、友達と一緒に夕方には家に帰るって……。お義父さんはどうします？」

「友達が来るんだったら、尚美が帰宅する前に帰ることにするか。由ちゃん、夕食の準備はしてこなかったけど、いいかな」

「尚美の友達も来るので、何か出前でも取ります」


子供たちはまだ寝ていたが、義父は帰宅した。それから1時間たったろうか……真里が起き、あやしていると、インターホンが鳴った。由高はインターホンに出た。

「帰ったよ」

尚美からだった。玄関に出ると、尚美と共に佳子も一緒にいた。

「突然ですみません。お会いするのは初めてですね」

「ええ、初めまして。何の用意もしていないのでとりあえず何かピザでも……」

由英も起きて、由高はピザを注文した。

「どうしたの？　家に来るなんて」

由高は尚美に小声で言った。

「私がいろいろ話していたら、彼女があなたと何か話したいって……それで」

とりあえず、由高はコーヒーの用意をした。台所で尚美は子供たちにココアの用意をしていると、佳子は、

「尚美、さっきの話由高さんに話すね」

とささやいた。

第十章　二人の決断

佳子はコーヒーに口をつけ、一息ついてから由高に微笑を浮かべながら話を始めた。

「今日は大変でしたね。お子さんたちを一日中見ていて」

由高は真里を抱っこしながら、答えた。

「いえ……大変でしたけれども、尚美のお義父さんが来てくれたんでほとんどお義父さんが見ていたようなもんです」

由高は、謙遜の意味を含めながらそう言ったつもりだった。

「ほらね、言ったとおりでしょ」

「別にお義父さんに全部まかせていたわけじゃないぞ、尚美」

由高と尚美のやり取りを見て、佳子が話を続けた。

「まあ、尚美が言っていたよりは子供の面倒見ているじゃない、由高さん。私の別れたダンナに比べればまだ面倒見ている方よ」

「そうかしら」

「そうよ。由高さんはこうして尚美やお子さんたちと一緒に過ごす時間があるんだもの。尚美、さっきのようなグチ言っていたらバチ当たるわよ」

「だけど、由ちゃんは朝と夜と休日だけだし、それに比べれば私は一日中家事と子供たちの面倒を見ているんだから、それだけで一日が終わって面白くないわよ」

「お昼食べていた時もそう言っていたんですよ、由高さん」

「グチを言われるのはいつものことだから、ムカつくけれど慣れてます」


たわいない話がしばらく続いているうちに、頼んでいたピザも届き、5人でピザを食べながらも話は続いていた。由英は佳子が来ているせいか普段よりおとなしい。真里はまだ状況がわからず、普段の夕食のようにピザをほおばっていた。

「こうして見ると、立派に家族団らんしているわね」

佳子は羨ましそうな目つきで尚美を見た。

「外食もしないで毎日これじゃいやになるのよ」

尚美はピザをほおばりながら答えた。

「子供たちがまだ小さいから尚美はそう感じるのかもしれないけど、二人とも小学生になってしまえば、いつの間にか離れていくものよ」

「うちの親もそんなこと言っていたけれども、大変なのは本当のことだもん」

「でも、今大変だと言っても、時がたてば『ほんの一瞬』と思う日が来るものよ。だから、一人でいればよかったとか思わないで、今の日々を過ごしていけばいいじゃない」

由高が口をはさんだ。

「確かに一人で過ごしていれば誰からも干渉されないし、それはそれで自分だけの世界で過ごせるんだよね。でも、『家族』がいるからこその世界もあるんだよね」

「そうなのよ、由高さん」

佳子は由高に話を向けた。

「お子さんたちの前でこんな話をするのはちょっと気が引けるけど……由高さん、今は一人で過ごすのと家族一緒に過ごすのとどっちがいい?」

「一人の時間もいいけれども、今こうやって家族がいるから、家族一緒でいる方が自然かなぁ」

「なら、今どうして、週末離れて過ごしているの？　お子さんたちと一緒にいる方がいいって今言ったけど、その答えと矛盾していない？」

由高は、答えにつまった。佳子はさらに話を続けた。

「今日、尚美といろいろ話をした。昔の楽しい話も最近の様子も……お互い、今は大変だけれども、頑張っていこう、って。私は離婚しているから人のこと言える立場ではないかもしれないけれども、今、子供がいていろいろ大変だからと言って、一人っきりになる時間が欲しいなんていうのは違うと思う。そういうのは「逃避」みたいなものよ。『週末離婚』なんてカッコいいものではないと思う。由高さん、あなたの意見が聞きたくてお宅に伺ったの」


佳子の話を聞いて由高にとって「痛い」ところを突かれたと思った。尚美もそうだが、由高自身も、結婚して子供が欲しかったことは事実だった。けれども、実際に結婚し、子供がいることによって自分の自由になる時間が減ってしまったのも事実だった。尚美も由高も日常の生活に忙殺された毎日に嫌気がさしていたと言われれば、うそではなかった。それゆえ、一人の時間欲しさに、尚美は実家に帰り、親に子供たちの面倒を見てもらい、由高は一人で自宅で過ごしたりして、お互い誰にも束縛されない時間をつくってみた……それが二人の選んだ「週末」だった。離婚届を出しているわけではないので、正式な離婚ではない。しかし、平日は一緒に暮らしており、「別居」という後ろめたい言葉は当てはめたくない。そんな二人にとって『週末離婚』という言葉で装飾していた。体裁のいい言葉であるが、実際に離婚歴のある佳子にとっては『もろい飾り物』に見えた。

由高は口を開いた。

「決して『週末離婚』という言葉がカッコいいとは思ってはいないけれども、自分たちがまだ大人になり切れず、一人でいることを謳歌したい思いが大きかった……まだ子供なんだ……『親』になり切れないでいたのかなぁ」

「由ちゃん、あまり自分を追い詰めなくていいの」

尚美が口を挟んだ。すぐに佳子が話を続けた。

「由高さんの言うとおりかもしれないよ、尚美。確かに由高さんの言ったことはきれいごとに聞こえるかもしれないし、今の自分を否定して追い詰める必要もない。けど、尚美も由高さんも立派な夫婦であり、立派な親なんだから、子供を荷物とは思わないで育てることが一番大切なことじゃないのかな」

尚美が由高に目を向けて、

「由ちゃん、実は佳子に由ちゃんの過去も話したの。あたしが一人になりたいのはあたしのわがままだったかもしれないけれども、由ちゃんはストレスで追い詰められていたから、一人でいる時間も必要かなって……たまにだけど、ヒステリーになる由ちゃんが怖かった」

由高は、

「尚美が友達にそういう話をしたからって、怒ったりしないよ。だからと言って今の状態が『逃避』だとは思っていない。尚美とお互い話し合って決めたことだから」

と穏やかな言葉で返した。

「尚美……そして由高さん。二人の事情はわからないわけじゃない。私だって、子供から離れて一人でいたい時もある。でも、家族がいるってことは何かしら自分のことは犠牲になるかもしれないって思うの。由高さんが『親になり切れていない』って言っていたけれども、厳しい言いかたをすれば二人とも『親』になっていないのかな。親ってものはそういう犠牲の上でやっていかなければならない……私なんか、離婚したから一人で子供の面倒を見てきたし、私から見れば二人とも甘い考えでいるとしか思えないな。今も、これからも、もっともっと大変かもしれないけれど、もっと大人になって考えて欲しい……私が言いたいのはそんなところかな」

佳子は、言いたいことを言い尽くしたのか、ほっとしていた。由高と尚美は、そんな佳子を見て何も反論する余地はなかった。

佳子が帰り二人の子供たちも寝たあと、由高と尚美は今日のことを話し合った。

「尚美、佳子さんって結構、的《まと》をえたこと言っていたよな」

由高は、尚美から佳子の話をよく聞いていた。今夜の鋭い本音を話していた佳子の姿が、一層由高の脳裏に焼きついていた。

「でしょ。佳子は本音で話せる私の数少ない友達なの」

「でも、俺……尚美の側についてあれこれ文句言われるのかな？　って覚悟していたけど、俺だけでなく、尚美に対しても本音で突いていたよな」

「それは、あたしにとってはちょっと嫌だったけど、そこは佳子の性格わかっているから……だから今まで親友として続いているのかもしれない」

「俺たち二人は、佳子さんから見ればまだまだ子供のままごとに見えたんだろうなあ」

「由ちゃん、さっきも言ったけどあまり追い詰めて考えなくていいの。佳子の意見はあくまでも意見なんだから、うちはうちでやっていけばいいじゃない」

「あのさぁ、お前、何も反省していないんじゃないの？　佳子さんが『もろい飾り物』だって言ったこと覚えていないのかよ」

「そんなことはどうでもいいの。今日はあたしの時間が欲しかったのに、結局自由にならなかったんだもの」

「でも、週末別々に過ごすことは、夏休み限りにしないか。お義父さんも大変だったし、実家でもそうなんじゃないか」

「そういう約束だったからそうするけど、家のことは言われなくても手伝ってよね」

結局、二人の『週末離婚』は佳子の話がきっかけで終焉を迎え、由英の幼稚園の二学期が始まってからは、以前のように家族揃って過ごす週末に戻った。


1ヵ月後、由高の職場は中間決算で多忙を極め、休日の出勤や深夜帰宅になることもあった。尚美は家事や子供にかまってくれない由高にいらだちを感じたものの、仕事に支障をきたさないという二人のルールを決めていたので、何も言わなかった。

そんなある日の朝、由高は重い頭痛を感じた。「とても会社に行けるような状況じゃない……でも、行かなければ家のことを押しつけられる」……自宅で尚美にあれこれ言われるよりは会社にいる方がましだと思いながら。頭痛のことは尚美に黙って、由高は自宅を出た。

この日も職場は多忙な一日だった。由高も課長の梶山の指示に翻弄されていた。

「山口、説明のコピーはできたか?」

「さっき差し替えがあったので、今からやり直しです」

「さっさとせんか。もう時間がないんだぞ、全くお前は周囲の状況が把握できないから……」

コピー機に向かうその時、由高の意識が遠のいた。急に足の力が抜け、由高はその場で倒れこんだ。

「まったく、この忙しい時に倒れやがって……」

「梶山さん、山口さん顔が真っ青です。救急車呼びましょうか？」

由高は救急車に乗せられ、近くの救急病院に運ばれた。最高血圧は80近くまで落ちていた。

「こんなになるまで働かせるなんて、お宅の職場はどうなっているんですか？」

救急隊員が梶山にこんな話をしていたことなど由高には知る由もなかった。

由高の意識が戻った時、病院の処置室で横になっていた。

「あっ、梶山さん……すみません」

「説明の方は終わったから心配するな。しかし山口、お前前科があったんだってな」

「え？」

「部長から聞いたんだが、以前にも倒れて病院に担ぎ込まれたらしいじゃないか。念のために神経科の先生にも診察してもらったが、うつ病が悪化しているそうじゃないか。そうなら俺は仕事を減らすとか何らかの手立てができたのに……無理はするな」

「ええ、でも、今の職場でそういうこと言える状況ではなかったし、前の件で同僚や女子社員にかなり迷惑かけていたので……」

由高はこの頃、仕事の忙しさだけではなく、もう一つ悩んでいることがあった。それは、尚美の実家の近くに新築マンションが建つので、今後のことも考えてそこに買い換え、引っ越さないかという話だった。この話を自分の両親に話をした時は大反対され、特に母親はその話を聞いて寝込んでしまい、由高は毎日悩みながら日々を過ごしていた。ただ、この話は梶山には話していなかった。

「この際、しばらく休んだ方がいいんじゃないか。職場の仕事は代わりがいるけど、お前の代わりは誰もいないんだから」

由高にとって、また入院生活が始まった。職場は多忙なので面会にはほとんど来ない。尚美も子供のことに追われ、とても毎日病院に通うことなどできない。病院に来るのはいつも義父だった。

義父は、由高の家に寄り、子供の世話に追われる尚美に言った。

「お前は由ちゃんの妻なんだから、少しは見舞いに行かなくていいのか？　孫の面倒は俺が見るから」

「忙しいから行けないって言っているでしょう」

「お前のそんな態度が由ちゃんを追い詰めていって、ああなったんじゃないのか」

「それよりも、札幌のお義母さんは由ちゃんのこと心配じゃないのかしら。私が連絡入れてもこっちに来ないし」

「由ちゃんの親御さんも何かの事情があって来られないんじゃないのか」

「どうも由ちゃんがお義母さんにマンションの話をして以来こじれているみたい

で……」

「じゃあ、俺が由ちゃんの実家に電話する」

尚美の父は、そう言うやいなや電話した。

「はい、山口です」

出たのは由高の父だった。

「もしもし、斉藤です。いつも尚美たちがご迷惑をおかけしています」

「いいえ、こちらこそ」

「実は由高君が入院したことはご承知かもしれませんが、こちらが言うのも失礼ですが、来ることはできないんですかねえ」

「実は、うちの家内もあれから寝込んでいてそれどころではないんですよ」

話は約1時間に及んだ。父の話によると、由高の母はマンションの話を聞いて以来寝込んでいて、こちらに来る体力もないらしく、また、飼っている犬もかなり歳をとって目が離せない状況だという。

「行きたい気持ちは山々ですが、こういう事情なのですみません」

「そちらの事情もわかりますが、由高君が、親御さんの事情を考えてそれ以上心配をかけさせたくないと思っているお気持ちも察して下さい。奥様にもそうお伝え下さい」

電話を切った時、尚美は、

「あっちのご両親は何て言っていたの？」

「いろいろ事情があって、来るのは無理みたいだって。でも由ちゃんには親御さんの気持ちが伝わっていると思うから、あまりこっちから言えなかったよ」

由高の両親、特に母親は、由高が独立し結婚・家庭を持った時点で自分のことは自分の責任で行い、親に甘えるなとつねづね言っていた。それは両親も子供時代からそういう教育を親から受けてきたからだった。それは尚美も聞いていた。

「由ちゃんの両親って、自分の息子のこと何も心配していないのかしら？」

「由ちゃんのご両親だって、そりゃあ心配しているんだ。でも、由ちゃんも事情をわかっているだけに、一番苦しいのは由ちゃんかもしれないなぁ。明日も俺が病院に行くから」

翌日、義父は由高の病室に来た。替えの下着とパジャマを置き、由高に話しかけた。

「由ちゃん。家のことだけでなくマンションのことや仕事のことで大変かもしれないが、何もかも一人で抱えることはないんだよ」

「でも、それでなくても迷惑かけてばかりいるのに、これ以上甘えられません」

「それは由ちゃんのプライドかもしれんが、ここは一つ甘えてみないか。昨日由ちゃんのご両親と電話で話したけど、お母さん大変なんだってな。もし、そっちの方で面倒が見られないなら今度のマンションの話、決めないか。そうすれば、由ちゃんも尚美も少しは楽になるし、俺も気が向いた時に孫の顔が見られるのもうれしいし……」

「……」

この時、由高はマンションの買い替えを決心した。

それから半年後、由高の家族は由英の小学校の入学を機に、尚美の両親の近所に引っ越しした。以前住んでいた所から比べると通勤時間がかなり長くなった由高は、その時間を活かして、寄り道したりしながら気分転換する方法を見つけていた。

一方、尚美は子供を連れて実家で過ごすこともあれば、両親に子供を預け一人で外出したりする毎日を過ごしていた。そして、問題の週末は、家族水入らずで過ごす日もあれば、どちらかが一人で過ごす時は、もう一人が子供たちの面倒を見るために、近所の尚美の両親の家で過ごすなど多様な過ごし方をするようになった。

ある日、由高は混雑した通勤電車の車内で思った……以前は「週末」に特定して離れて過ごしながら自分たちの時間を謳歌していたつもりだった。それに比べると、今……自分は電車の中でいろいろ考えごとをしながらも自分の時間がある。尚美も自分の実家に近くなり、いまだに親に甘えることができて、自分の時間を謳歌しているかはともかくとして、一人で育児に追われなくなって少しは心のゆとりができたかもしれない。とは言え、俺たち夫婦は『週末離婚』の頃から何の成長もしていないんじゃないか？　でも、そんなことを深刻に悩むことなんてないんだ。今の時間を大切に過ごすことは、いくつになっても……たとえ子供を持つ「親」になっても自分を癒す時間があってもいいんだ。そう、「親」とか「家族」とかそんな呪縛に縛られず、自分の時間があったっていいんだ。周りの言うことに惑わされる必要もない。どうこう言われようと、自分を見失うよりは、ましじゃないか……と、あれこれ考えているうちに、由高が降りる駅の車内アナウンスが流れ始めていた。

ある週末、由高の家族と尚美の両親が一緒に食卓を囲んでいた。以前から尚美の実家で夕食を共にすることがあったが、近所に住むことになって、だいたい週一回は食卓を共にすることになっていた。

「尚美！　いつまでも俺たちがいると思って、甘えてばかりいるんじゃないよ」

「わかっているわよ。しつこいなぁ、お父さんは」

「由ちゃん、こんな娘をもらってくれて本当に感謝しているよ」

由高は、こういうフレキシブルな関係もありかな？　と満足した日々を過ごしている。

あとがき

30代という人生の岐路について身近な話題とは？　それが仕事だったり、家事・育児であったり……人生80年とはいえ、人生の折り返し点としていろいろ考えさせられることが多いことを日々生活していて実感させられます。時代が変化する中で、特に仕事を持つ女性にとっては、結婚後の仕事と家庭との両立のためには、パートナーの理解の有無がカギになるでしょう。今は男性並みの仕事をし、経済力のある女性は結婚を選択せずに過ごす人生もあります。また、専業主婦の場合も近所とのコミュニケーションや育児についての悩みは尽きないようです。いずれもパートナーとなる男性の側に理解を求める比重が、現代社会において高まってきたことは否定できないでしょう。このように、昔からの慣習と現実のギャップ、というよりマニュアルに書かれた理想論とのギャップに悩まされていることが、今の時代を生きるものとして誰しも感じていることかもしれません。この結果として、結婚、出産、育児に対する不安から晩婚化・少子化が進み、一方で結婚生活の現実を悲観して、その結果、離婚も増加しているのかもしれません。

厚生労働省の人口動態統計によると、全国の離婚件数は一九七五（昭和50）年の一一九、一三五件から二〇〇二（平成14）年には二八九、八三六件と約25年前と比較して3倍近くの数にのぼっています。女性が離婚しやすい環境が整ってきたせいもあるでしょうが、最近多い「できちゃった結婚」も、お互いのパートナーとしての確認をへずに性への欲求が先走り、あらゆるものの考え方の相違や未熟さで離婚に至るケースも少なくありません。

離婚理由で上位にある「性格の不一致」という言葉には、言葉どおりの「性格」だけではなく「性」の不一致という面もありますが、先の「できちゃった結婚」の増加を見ると「性」で離婚することは少ないのでは？　と思います。むしろ言葉どおりの「性格」が原因であることが多いと思うのです。

そもそも異なった家庭環境で育ち、数ヶ月、長くて数年のつきあいで互いの「性格」を完全に理解し合ったり、一致させることなど不可能です。端的に言えば、パートナー同士の妥協や我慢ができなくなってきたのが、最近見られる離婚の増加ではないのか？　とも思います。日本人の思考が欧米化しているものの、まだ成熟していないため、「キレる」ような未熟な「自己主張」をするようになった結果かもしれません。

最近では離婚を推奨される評論家もいらっしゃいますが、こんな時代になったことを今さら悔やんでも始まりません。が、少なくとも子供のいる家庭において「離婚」は避けてほしいと願うのです。離婚する当事者はどうであれ、子供まで道連れにしては子供がかわいそうですから。本書のような選択肢もあるということを知って欲しかったのです。

―書斎代わりのパソコン机で考えたこと―

著者プロフィール

相崎 貴俊（あいざき たかとし）

1966年　北海道生まれ。

バブル隆盛の80年代末に大学を卒業し、一介のサラリーマンとなる。

30歳前に結婚し、2児の子宝を授かる。

趣味は旅行、J-POP鑑賞、特にアイドル系を好み、年に1回は「モーニング娘。」のコンサートに行く。

週末離婚

2003年12月15日　初版第1刷発行

著　者　相崎 貴俊
発行者　瓜谷 綱延
発行所　株式会社文芸社
〒160-0022　東京都新宿区新宿1－10－1
電話　03-5369-3060（編集）
03-5369-2299（販売）

印刷所　神谷印刷株式会社

ISBN4-8355-6728-5 C0093